閱讀123

國家圖書館出版品預行編目資料

金魚路燈的邀請／侯維玲文；王書曼圖
-- 第二版. -- 臺北市：親子天下, 2019.08
97面；14.8x21公分. --（閱讀123系列）
ISBN 978-986-952-670-8（平裝）
859.6　　106013587

閱讀 123 系列 025

金魚路燈的邀請

作者｜侯維玲　繪者｜王書曼
封面設計｜蕭雅慧
責任編輯｜沈奕伶
行銷企劃｜陳詩茵、吳函臻

天下雜誌群創辦人｜殷允芃
董事長兼執行長｜何琦瑜
兒童產品事業群
副總經理｜林彥傑
總編輯｜林欣靜
主編｜陳毓書
版權主任｜何晨瑋、黃微真

出版者｜親子天下股份有限公司
地址｜台北市 104 建國北路一段 96 號 4 樓
電話｜（02）2509-2800　傳真｜（02）2509-2462
網址｜ www.parenting.com.tw
讀者服務專線｜（02）2662-0332 週一～週五：09:00~17:30
讀者服務傳真｜（02）2662-6048
客服信箱｜ parenting@cw.com.tw
法律顧問｜台英國際商務法律事務所．羅明通律師
製版印刷｜中原造像股份有限公司
總經銷｜大和圖書有限公司　電話：（02）8990-2588

出版日期｜ 2010 年 3 月第一版第一次印行
2022 年 8 月第二版第三次印行
定價｜ 260 元
書號｜ BKKCD134P
ISBN ｜ 978-986-952-670-8（平裝）

金魚路燈的邀請

文 侯維玲　圖 王書曼

目錄

1 金魚路燈亮了

一個春天的傍晚，天空下著又細又冷的雨。

天空灰濛濛的，大海灰濛濛的，「灰貓港」也灰濛濛的。

在這座小海港的小山坡上，有一棟小小的房子。遠遠的看去，這棟小房子好像一隻灰色的貓，正安靜的蹲在小山坡上。

小房子的窗子忽然亮了。一隻灰貓從房子裡走出來。

灰貓港的貓都叫她「綠阿姨」。她的兩隻眼睛又圓又亮，看起來好像兩顆綠色的寶石。

綠阿姨踮起腳尖，點亮了門口的金魚路燈。

在金魚路燈的照耀下，

灰沉沉的小房子馬上變成一棟美麗又溫暖的房子。

這盞金魚路燈是用玻璃吹成的。從小山坡下往上看，金魚路燈好像一隻透明的橘色金魚，漂在愈來愈暗的天空裡，游在愈下愈大的雨裡。

「金魚路燈亮了！」

「你看，金魚路燈亮了！」

「是啊，金魚路燈又亮了！」

灰貓港的每個角落，立刻響起一陣陣歡呼。

許多貓從小海港的各個角落走出來。他們慢慢的或急忙的，一起爬上小山坡，一起來到綠阿姨的家。

這個春天的傍晚，雨越下越大……。

綠阿姨的小房子裡卻越來越熱鬧……。

美麗的白貓戴著一頂新帽子來了，那頂帽子看起來好像一朵大玫瑰。

愛嘮叨的老花貓還是嘮叨個不停。

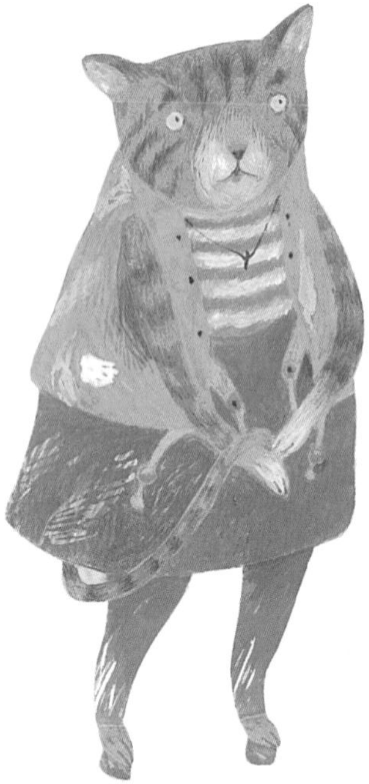

膽小的虎斑貓動不動就看著窗外。他好害怕看到銀色的閃電、聽到轟隆隆的雷聲。

綠阿姨不停的從廚房裡端出一盤盤好菜、一鍋鍋不會太燙又不會太冷的湯，以及一瓶瓶貓薄荷汽水，把那張又大又長的餐桌擺得滿滿的。

有些貓開始玩遊戲，有些貓唱歌又跳舞……。

「叩叩叩。」

忽然，一陣敲門聲打斷了每隻貓的笑聲。

綠阿姨正端著一鍋魚湯走出廚房，一聽見敲門聲，立刻停下腳步。

「門沒關！」她熱情的說。

門開了。一隻又髒又溼的小黑貓站在門外，冰冷的雨滴不斷打在他身上。

「我好像聞到……魚湯的味道。請問……我可以進來嗎？」小黑貓餓得幾乎沒有力氣說話。他盯著綠阿姨手中的鍋子，舔舔舌頭。

「咦？金魚路燈亮了，你沒看見嗎？」白貓睜著藍色的大眼睛，露出驚訝的神情。

「沒錯，金魚路燈亮了。」老花貓嘮叨個不停，「只要綠阿姨想邀請大家吃晚餐，就會點亮金魚路燈。」

「如果連這個都不知道，那他一定不是……灰貓港的貓。」虎斑貓的聲音很小，卻很清楚。

每隻貓聽了，都靜靜的盯著小黑貓。

綠阿姨突然張大綠色的眼睛，扯著喉嚨說：「那麼，我們就得跟他說——」

「歡——迎——！」

每隻貓都露出微笑，熱情的大喊。

美麗的白貓趕緊走上前，拉著小黑貓走到餐桌旁。

老花貓急忙拿來一條花毛巾，擦乾小黑貓身上的雨滴。

綠阿姨很快就舀了一碗不會太燙又不會太冷的魚湯，請虎斑貓端到小黑貓面前。

有的貓跑過來跟小黑貓聊天；有的貓又開始玩遊戲；有的貓繼續唱歌、跳舞……。綠阿姨的小屋子裡，越來越熱鬧，越來越溫暖。

小黑貓喝了三碗湯和一杯汽水後，從椅子上站起來，用像糖果一樣甜的聲音說：「你們對我這麼好，我可不可以唱首歌謝謝大家？」

「好啊，好啊，太好了！」

每隻貓都開心的點頭。

小黑貓站到一張小椅子上，輕輕的晃晃尾巴，開始唱了起來。

他的歌聲十分美妙。綠阿姨的小房子裡，一下子變得好安靜。

沒有家的小黑貓啊，
一路唱著歌，
爬過一座座小山丘，
只為了看看
比藍毛線更藍的大海。

小黑貓唱完後，很有禮貌的彎腰鞠躬。

每隻貓都高興得用力拍手。

「比金絲雀唱得還好聽！」白貓露出美麗的微笑。

「我年輕的時候很會唱歌，不過他唱得也不差。」老花貓還是嘮叨個不停。

「好好聽喔……。」虎斑貓輕輕的嘆了一口氣。

綠阿姨沒說什麼，一雙綠眼睛卻流下兩行眼淚。

那天晚上，小黑貓唱個不停，唱到雨停了、天快亮了，才閉上嘴巴和眼睛，躺在綠阿姨特地為他準備的小床上，昏沉沉的睡著了。

2 北極星牛奶店

「小黑貓，只要住在灰貓港，你每天都可以看見比藍毛線更藍的大海。」

綠阿姨、白貓、老花貓、虎斑貓和其他的貓，都跟小黑貓這麼說。

小黑貓看看綠阿姨，看看每一隻和善的貓，又看看大海

和這座小鎮，最後，他高興的晃晃尾巴說：「謝謝你們。我好喜歡這裡啊。」

於是，小黑貓成了灰貓港的貓。

他住在小山坡下的一棟小房子裡，從那裡可以看見綠阿姨的家。

從春天到夏天，只要金魚路燈亮了，小黑貓總是第一個衝上小山坡，幫忙綠阿姨準備晚餐，享受和大家在一起的時光；等到喝甜牛奶的甜點時間一到，他會快樂的跳到一張小椅子上，不停的唱歌

給大家聽，
從深夜唱到
星星不見了、
天快亮了。

有時候，金魚路燈明明早就亮了，白貓卻決定不了該戴哪一頂帽子出門；老花貓還來不及把晒在屋頂上的被單收

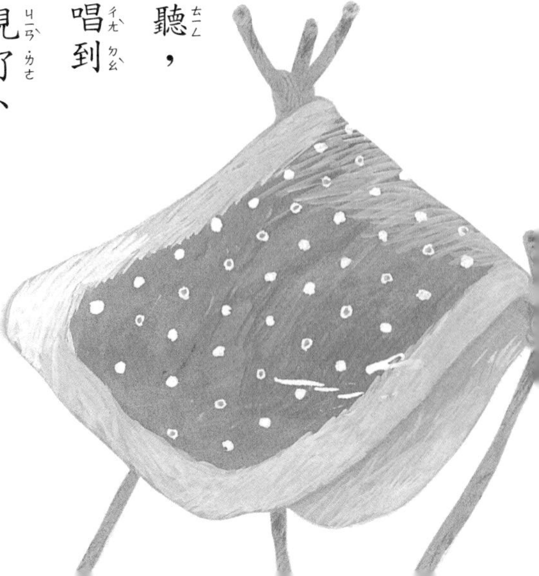

好；虎斑貓被一隻蟑螂嚇得久久無法回神……。

結果，除了小黑貓，大家統統遲到。

「反正今天晚上的時間還那麼多，晚一點到也沒關係。」遲到的貓都這麼想。

這時，綠阿姨會先停下廚房的工作，和小黑貓一起坐在金魚路燈下，一邊啃著烤得香香酥酥的飛魚乾，一邊看著被

夕陽染成橘色的大海。

「今天的大海，跟你來到灰貓港那天的大海一樣美。」綠阿姨常常這麼說。

她非常疼愛小黑貓，把他當成自己的孩子一樣。

「我最喜歡坐在這裡看海了！」小黑貓也常常這麼說。

他非常喜歡綠阿姨，把她當成自己的媽媽一樣。只要金魚路燈亮了，綠阿姨最期待見到小黑貓，小黑貓也恨不得立刻衝到綠阿姨的身邊。

小山坡上的綠草漸漸變黃，夏天悄悄的結束了。一個秋天的傍晚，天空很快就暗下來。銀色的月亮缺了一小塊，好像被哪隻淘氣的貓偷咬一口。

金魚路燈亮了。

除了小黑貓，其他的貓又統統遲到。

跟以前一樣，綠阿姨和小黑貓一起坐在金魚路燈下，一邊啃著飛魚乾，一邊看著被月光染成銀色的大海。

「請問，我也可以接受金魚路燈的邀請嗎？」

一隻藍貓突然出現在小山坡上。他的左耳戴著一顆閃閃發亮的鑽石。

綠阿姨驚訝的站起來，笑著說：「當然，歡迎歡迎。」

藍貓並不是灰貓港的貓，他的家鄉在很遠很遠的北方。聽說，他原本想從灰貓港搭船到南方，但一看見港口的藍色海水，就決定留下來。

藍貓才剛走進綠阿姨的小房子裡，白貓、老花貓、虎斑貓和其他的貓也跟著一一來到。大家都非常歡迎藍貓的加入。

這個秋天的傍晚，星星比藍貓耳朵上的鑽石還亮，綠阿姨的小房子裡比以往更加熱鬧。

等喝甜牛奶的時間一到，小黑貓又輕快的跳到小椅子上，不停的唱歌給大家聽。

秋天的北極星，

啦啦啦，

請帶我到月亮的故鄉，我要去那裡喝一碗加了星星的甜牛奶……。

「你唱得比夜鶯還好聽！」

天快亮的時候，藍貓跟小黑貓這麼說。他好喜歡小黑貓的

歌聲，整個晚上不停的用力鼓掌。

「不過，只待在這間小房子裡唱歌，實在很可惜。」藍貓摸摸耳朵上的鑽石。

接著，他彎腰鞠躬，很有禮貌的說：「小黑貓，請接受我

的邀請，到我的『北極星牛奶店』裡表演吧，讓更多的貓聽到你的歌聲。」

「啊——是新開幕的北極星牛奶店嗎？那家店好特別！」白貓興奮的尖叫。

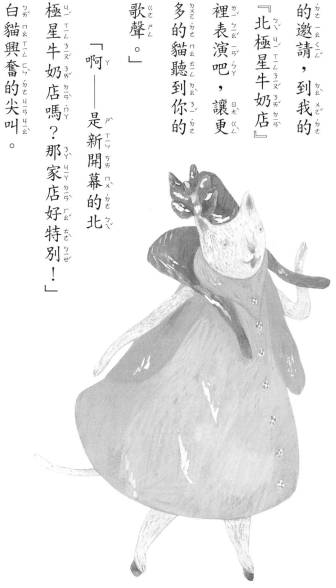

「我只喜歡待在老朋友的小房子裡喝牛奶、說說心事和小祕密。」老花貓嘮叨個不停，「我才不會去那種店裡喝牛奶呢！」

「去那裡喝牛奶的貓，大部分都不是……灰貓港的貓吧？」虎斑貓說完，又喝了一口已經冷掉的甜牛奶。

小黑貓一時不知道該不該接受藍貓的邀請，只好看著綠阿姨。

綠阿姨摸摸小黑貓的頭，高興的說：「多好的機會啊，可以讓更多的貓聽到你的歌聲。就試試看吧。」
小黑貓聽了，立刻鼓起勇氣，轉頭跟藍貓說：
「謝謝你，我願意。」

3 反正時間還那麼多

小黑貓開始在北極星牛奶店裡唱歌。

不管是不是灰貓港的貓，所有的貓都喜歡他的歌聲。

藍貓在港口貼了好多張宣傳海報，還為小黑貓的左耳戴上一顆小鑽石。

每天傍晚，藍貓替小黑貓灑上一身閃亮的銀粉後，小黑

貓就站上牛奶店的小舞臺，開始唱個不停，一直唱到星星不見了、天快亮了，才慢慢走回家休息。

小黑貓從秋天唱到冬天，北極星牛奶店的生意越來越好，每天晚上

總是有許多貓來聽他唱歌。

「明天晚上我想休息一下。」有時候，小黑貓會跟藍貓這麼說。

「北極星牛奶店不能沒有你啊！」藍貓老是用這句話拒絕他。

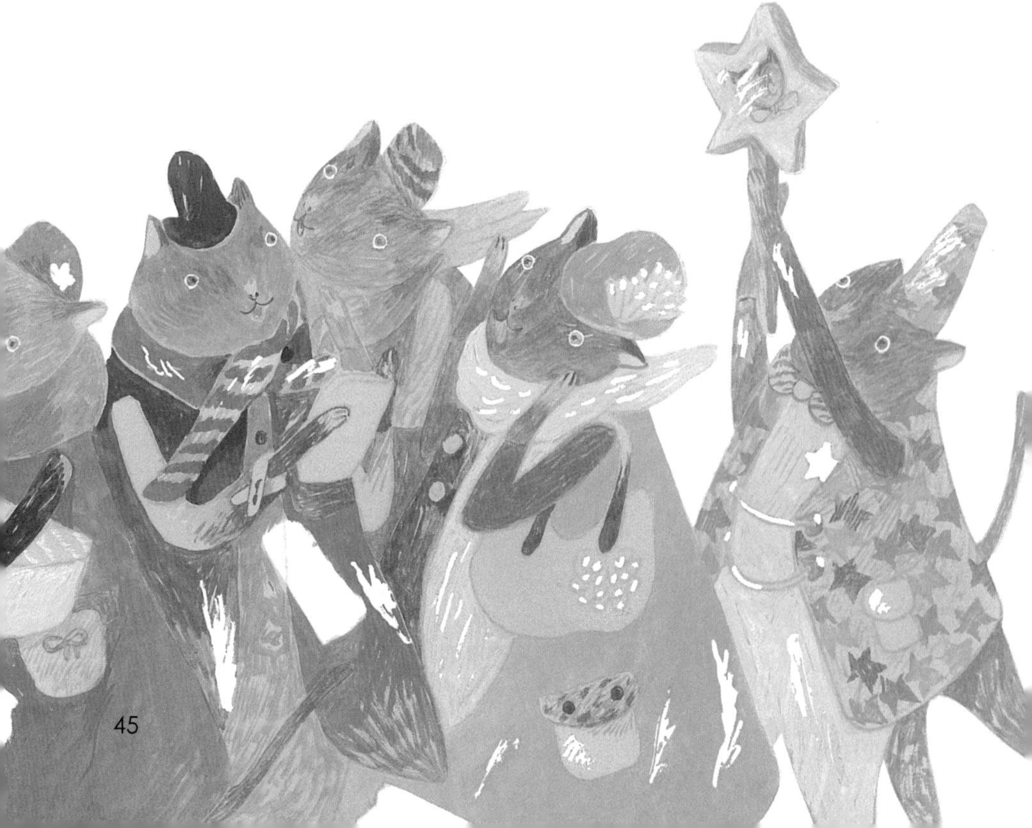

這麼一來，就算金魚路燈亮了，小黑貓也不能離開北極星牛奶店。

「好想念綠阿姨……。」

他常常從港口看著小山坡上的金魚路燈，在心裡告訴自己：「沒關係，反正時間還那麼多。總有一天，只要金魚路燈亮了，我一定可以去吃晚餐。」

綠阿姨也很想念小黑貓。

只要金魚路燈亮了，她一定先烤好兩片飛魚乾，等著小黑貓推開門、走進屋裡。

「聽說，連住

在大海另一邊的波斯貓，都搭船來聽小黑貓唱歌呢。」白貓常帶來小黑貓的最新消息。

「小椅子呢？那張小椅子呢？小黑貓得站在上面唱歌才行。」老花貓一進門，總是忙著把小椅子擺好。

「他到底會來……還是不會來啊？」虎斑貓動不動就看著窗外。

大家都很想念小黑貓，希望小黑貓會突然出現，並且像以前一樣——和大家一起吃飯、聊天；等喝甜牛奶的時間一到，立刻跳上小椅子唱歌……。

金魚路燈不亮的時候，綠阿姨還是很想念小黑貓。

在灰貓港下起第一場雪的那個傍晚，綠阿姨本來打算跟以前一樣——立刻點亮金魚路燈，邀請大家慶祝冬天的到來。

但是，這個傍晚，她並沒有點亮金魚路燈，反而獨自走下小山坡，穿過又冷又暗的街道，來到港口的北極星牛奶店。

牛奶店外頭，又細又冰的雪被冬天的風颳向大海、吹向天空。

牛奶店裡頭，小黑貓的歌聲好像春天的微風，輕飄飄的，暖洋洋的，聽歌的貓都露出一副陶醉的神情。

綠阿姨悄悄的走進北極星牛奶店，悄悄的坐在角落的一張小桌子旁。

沒想到，白貓、老花貓和虎斑貓也跟著來了。大家坐在一起，開心的喝著溫牛奶，靜靜的聽著小黑貓唱歌。

金魚路燈亮了，
金魚路燈亮了，
我要跑上小山坡……。

小黑貓站在小舞臺上唱著歌，歌聲像糖果般的甜。在燈光的照耀下，他耳朵上的那顆小鑽石比北極星更閃亮，灑在他身上的銀粉就像小星星一樣。

烤飛魚、煎鮭魚、石斑魚湯、
炸旗魚、生鮪魚片、鰻魚布丁……，
還有一點都不燙的甜牛奶！
和你一起坐在金魚路燈下，
看到的大海就是不一樣，
永遠比藍毛線還要藍，
讓我想起最難忘的那一天……。

小黑貓唱個不停。

綠阿姨、白貓、老花貓和虎斑貓從傍晚聽到深夜，從深夜聽到星星不見了、天快亮了。

「謝謝大家。」

太陽快升起時，小黑貓彎腰鞠躬，結束精采的表演。

藍貓神氣的跳到小舞臺上，也跟著彎腰鞠躬。不過，他很快又直起身子，大聲提醒：「請各位別忘了牛奶錢，謝謝大家的光臨！」

來聽歌的貓付了溫牛奶的錢，一隻接著一隻，滿足的踏出北極星牛奶店，準備回家舒服的睡上一整天。

綠阿姨跟白貓、老花貓、虎斑貓和其他的

貓說再見後，並沒有馬上回家。她靜靜的站在店門口等小黑貓。

過了一會兒，太陽出來了。整座小鎮亮了起來。

小黑貓疲倦的走出北極星牛奶店。他一看見綠阿姨，立刻高興的抱住她。綠阿姨也緊緊摟著小黑貓。

兩隻貓手牽手，慢慢的朝小山坡那頭走去，看起來就像

媽媽牽著孩子一樣。

一路上，他們說了好多話，最後不得不在小黑貓的家門前說再見。

「我自己走上小山坡就好。你要好好休息喔。」綠阿姨知道小黑貓很累很累。

「我一定會找時間去看你。真的！」小黑貓緊緊握著綠阿姨的手。

「我會點亮金魚路燈等你的。」

「一定要等我喲！」

「我會等你的。再見嘍。」

綠阿姨獨自走上小山坡，一邊走，一邊不停的回頭。

「再見……！」

小黑貓早就累得睜不開眼睛，還是努力的撐著眼皮，看著綠阿姨越來越小的背影。

雪仍然下個不停。

在陽光的照耀下，滿天的雪花閃著銀光，好像從天上落下來的小星星，數也數不清。

4 奇怪的邀請卡

日子一天天過去……。

灰貓港積滿厚厚的白雪。港口的海水結成了堅硬的冰塊。

小黑貓還是很忙，甚至更忙。就算金魚路燈亮了，他也不得不繼續待在北極星牛奶店裡，從傍晚唱到深夜，從深夜唱到星星不見了、天快亮了。

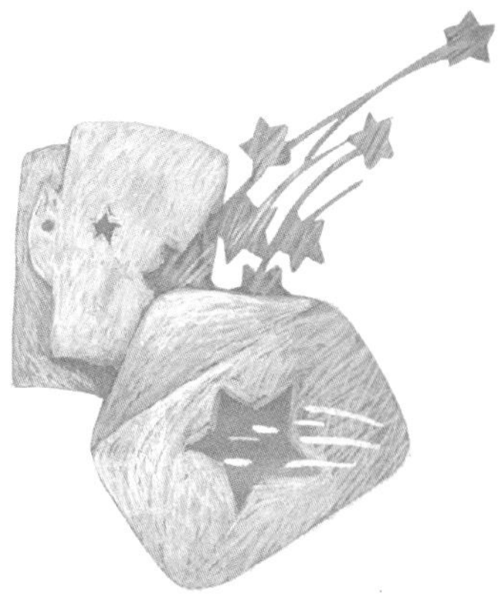

綠阿姨越來越想念小黑貓。

只要有空，她會走下小山坡，到港口的北極星牛奶店聽小黑貓唱歌，在天亮時陪他走回家。

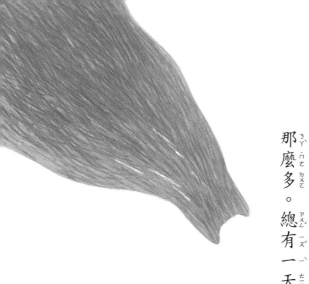

每當他們在小山坡下說再見後，小黑貓總是看著綠阿姨的背影，在心裡告訴自己：「沒關係，反正時間還那麼多。總有一天，只要金魚路燈亮了，我一定可以去吃晚餐。」

日子一天天過去，灰貓港的積雪開始融化。

就在港口的冰塊又化成了海水的那一天，綠阿姨收到一張奇怪的邀請卡。信封上的寄信人地址是：「很遠很遠的地方」。

卡片上寫著：

請準備好一件最重要的行李，小小的就好；不過，就算沒有行李也沒關係。

等春天的最後一場雪落下來時，「小星星號」會來接你。

歡迎回到我們身邊！

綠阿姨覺得很奇怪，卻沒有把它放在心上。

可是，她的身體開始起了變化。

「綠阿姨，你的綠眼睛怎麼變成灰色了？」

第一個注意到的是白貓。

「綠阿姨，你的毛沒有以前亮了。我來幫你梳一梳吧。」

第二個注意到的是老花貓。

「綠阿姨，你怎麼好像都吃不下？」

第三個注意到的是虎斑貓。

「最近，金魚路燈好像都不亮了。」

其他的貓也慢慢察覺了這個情況。

最後，綠阿姨驚訝的發現——自己再也沒辦法說話，只能喵喵叫。

她突然想起那張奇怪的邀請卡，一下子就明白：

「我在灰貓港的時間不多了。」

一個春天的早晨，天上的灰雲很厚、很厚。天空灰濛濛的，大海灰濛濛的，灰貓港也灰濛濛的。明明是早上，卻暗得好像春天的傍晚。

小黑貓疲倦的走出北極星牛奶店，穿過又冷又暗的街道，往小山坡下的家走去。

忽然，下雪了。

春天的雪輕飄飄的
落在小黑貓腳邊。
小黑貓跟平常一樣，總
是一邊走，一邊抬頭望著小山坡。
透過白茫茫的雪花，金魚路燈看起來模模
糊糊的，好像一隻灰色的金魚。
下一秒，金魚路燈突然亮了！

金黃色的光芒照亮了小山坡，以及小山坡上方的一小片天空。

「金魚路燈亮了。」小黑貓頓時覺得精神都來了。也不管自己有多累、多睏，他越走越快，甚至跑了起來。

小山坡下，整座小鎮灰濛濛的，到處安安

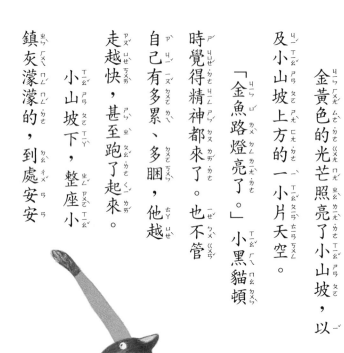

靜靜，連一盞燈也沒有。每一扇門、每一扇窗都關得緊緊的。

在這個春天的早晨，除了小黑貓，其他的貓全躲在家裡睡覺，根本不知道金魚路燈亮了。

小黑貓快步穿過街道，跑上小山坡，恨不得立刻衝到綠阿姨身邊。

金魚路燈亮了，

金魚路燈亮了，

我要跑上小山坡……。

他一邊跑，一邊唱。

烤飛魚、煎鮭魚、石斑魚湯、炸旗魚、生鮪魚片、鰻魚布丁……，還有一點都不燙的甜牛奶！

「綠阿姨，我來了，我來了！」

小黑貓一邊興奮的大喊，一邊推開小房子的門。

但是，又大又長的餐桌上，什麼東西也沒有。

一隻很瘦、很老的貓正坐在一張小椅子上，低頭整理一件很小的行李。

「請問，綠阿姨呢？」小黑貓走上前，很有禮貌的問。

「喵……。」那隻老貓抬起頭來，輕輕叫了一聲。

「綠阿姨！」

小黑貓馬上認出她來。

綠阿姨變得又老又瘦，綠眼睛變成了灰眼睛，身上的灰毛不再像以前那麼光亮。

「你要去哪裡？」小黑貓看著那件小行李，緊張的問。

「喵……。」綠阿姨再也不能說話，只能這麼回答。

接著，她突然露出微笑，用剩下的一點點力氣，緊緊摟著小黑貓，一直重複叫著：

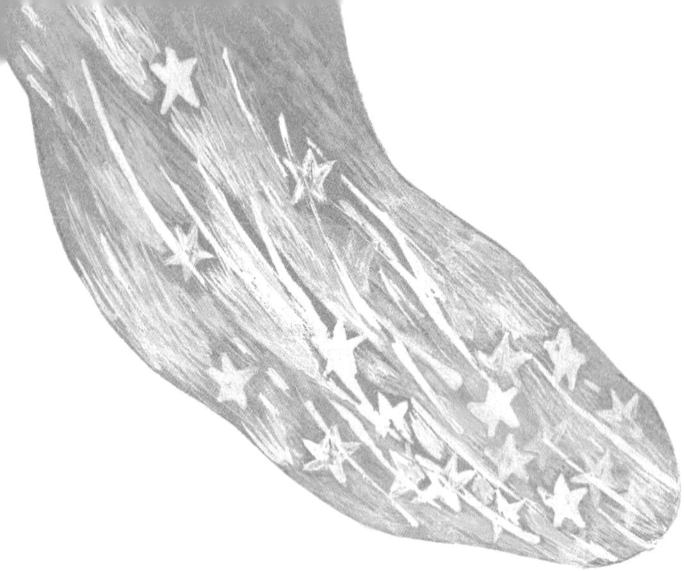

「喵、喵、喵。喵、喵、喵。喵、喵、喵……。」

這時，一陣風把雪花吹進了小房子裡。

金魚路燈突然熄滅，不再亮了。那陣風繼續吹個不停。一道道美麗的銀色光芒跟著風，飄進小房子裡，照亮了綠阿姨。

一艘用小星星做成的小帆船停在小山坡上。船上出現了好幾隻貓的身影，不停的向綠阿姨招手。模模糊糊的，還可以聽見他們笑著說：「歡——迎——！」

綠阿姨拿起那件小行李，慢慢的走向那艘小帆船。

走著、走著，綠阿姨的步伐越來越輕快。她變得像以前一樣年輕，灰眼睛又變成綠眼睛，身上的毛越來越光亮。

綠阿姨才剛登上小帆船、轉身跟小黑貓揮手，這艘小船立刻飄了起來，越飄越遠，越飄越遠……。

最後，它變得又小又亮，
就像一顆小星星。
綠阿姨再也沒有回來過。

5 被金魚路燈照亮的小鎮

綠阿姨再也沒有回到灰貓港。

不過，金魚路燈又亮了。

每天晚上，金魚路燈還是會被點亮，而且不只一盞。

只要小山坡上的金魚路燈亮了，其他的小金魚路燈馬上一盞接一盞亮了起來。橘色的光芒就像一條越長越長的貓尾

巴，從小山坡頂端伸展到灰貓港的每條街道上，最後在港口停住。

「金魚路燈亮了！」

「你看，金魚路燈亮了！」

「是啊，金魚路燈又亮了！」

灰貓港的每個角落，立刻響起一陣陣歡呼。

許多貓從小海港的各個角落走出來。他們慢慢的或急忙的，各帶著一盤不會燙嘴又可口的菜，甚至帶著大家從未見

過的、不是灰貓港的貓，一起走在被金魚路燈照亮的街道上，一起爬上被金魚路燈照亮的小山坡，來到綠阿姨的家。

小房子裡，小黑貓、白貓、老花貓和虎斑貓早就來了，四隻貓正忙得團團轉。

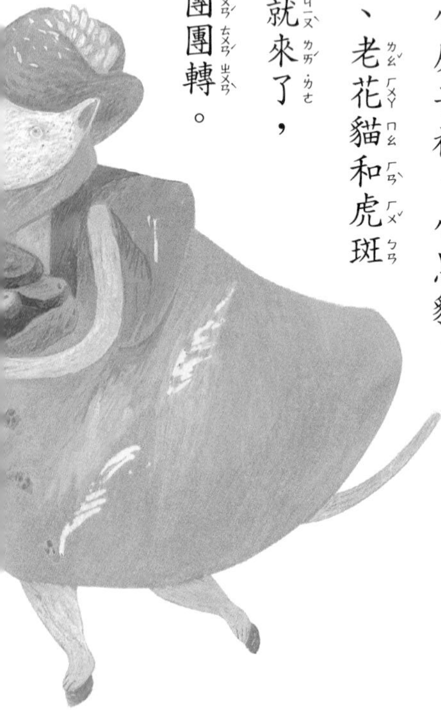

「綠阿姨，我來了。」

每隻貓一進門都這麼喊。

夜越來越深，整座灰貓港被金魚路燈照得閃閃發亮，綠阿姨的小房子裡也越來越熱鬧。

等喝甜牛奶的時間一到，小黑貓一定會跳到一張小椅子上，不停的唱歌給大家聽。

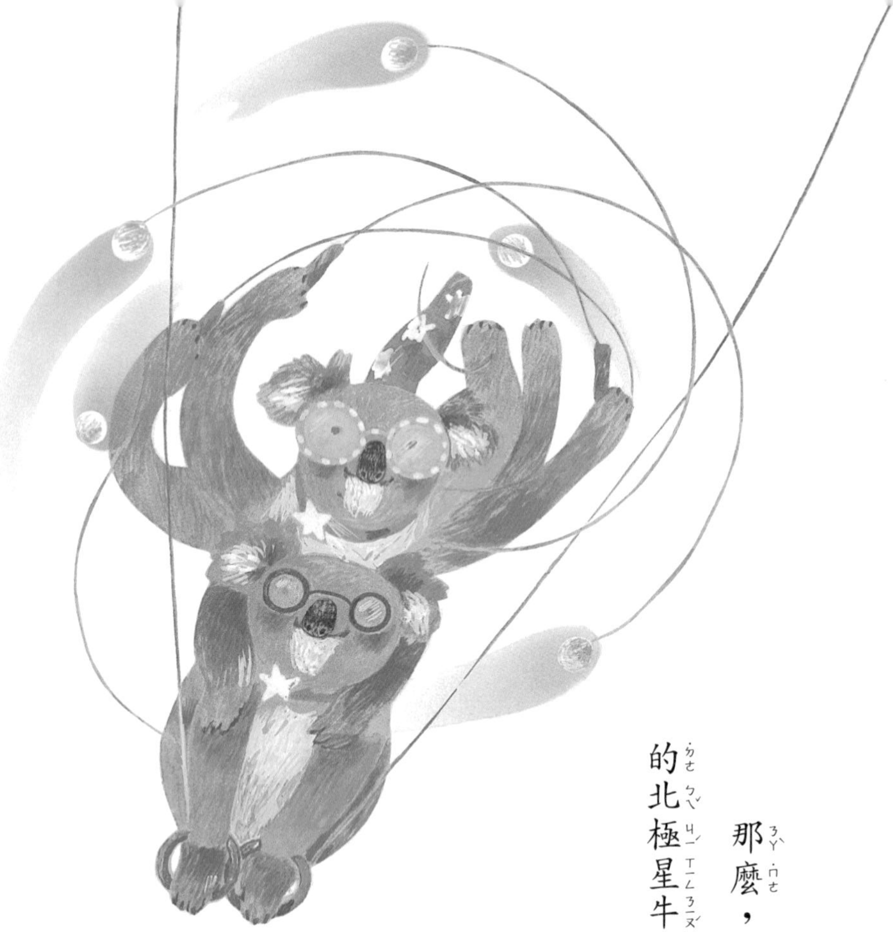

那麼，「不能沒有小黑貓」的北極星牛奶店呢？

噢，請不用替藍貓擔心。

他從海的另一邊請來了會耍火把的無尾貓，還有會拋牛奶杯的波斯貓。新的表演節目相當受歡迎，牛奶店裡總是擠滿了來自各地的貓。

這麼看來，北極星牛奶店少了小黑貓，根本就沒關係。

不過，小山坡上的小房子有了小黑貓，可比以前更加熱鬧。

雖然大家再也看不到綠阿姨的綠眼睛，但是只要看見金魚路燈的光芒，只要走進這棟小房子裡，仍舊能夠感受到她的溫暖和熱情。

每天早上，星星不見了、天快亮時，小黑貓一定會在唱完最後一首歌後，舉起手上的甜牛奶杯，和小房子裡所有的貓一起大聲合唱：

在金魚路燈下，
看到的大海就是不一樣，
永遠比藍毛線還要藍，
讓我想起最難忘的
綠——阿——姨！

綠阿姨再也沒有回到灰貓港。
金魚路燈和更多的小金魚路燈，卻夜夜照亮這座海邊的小鎮。

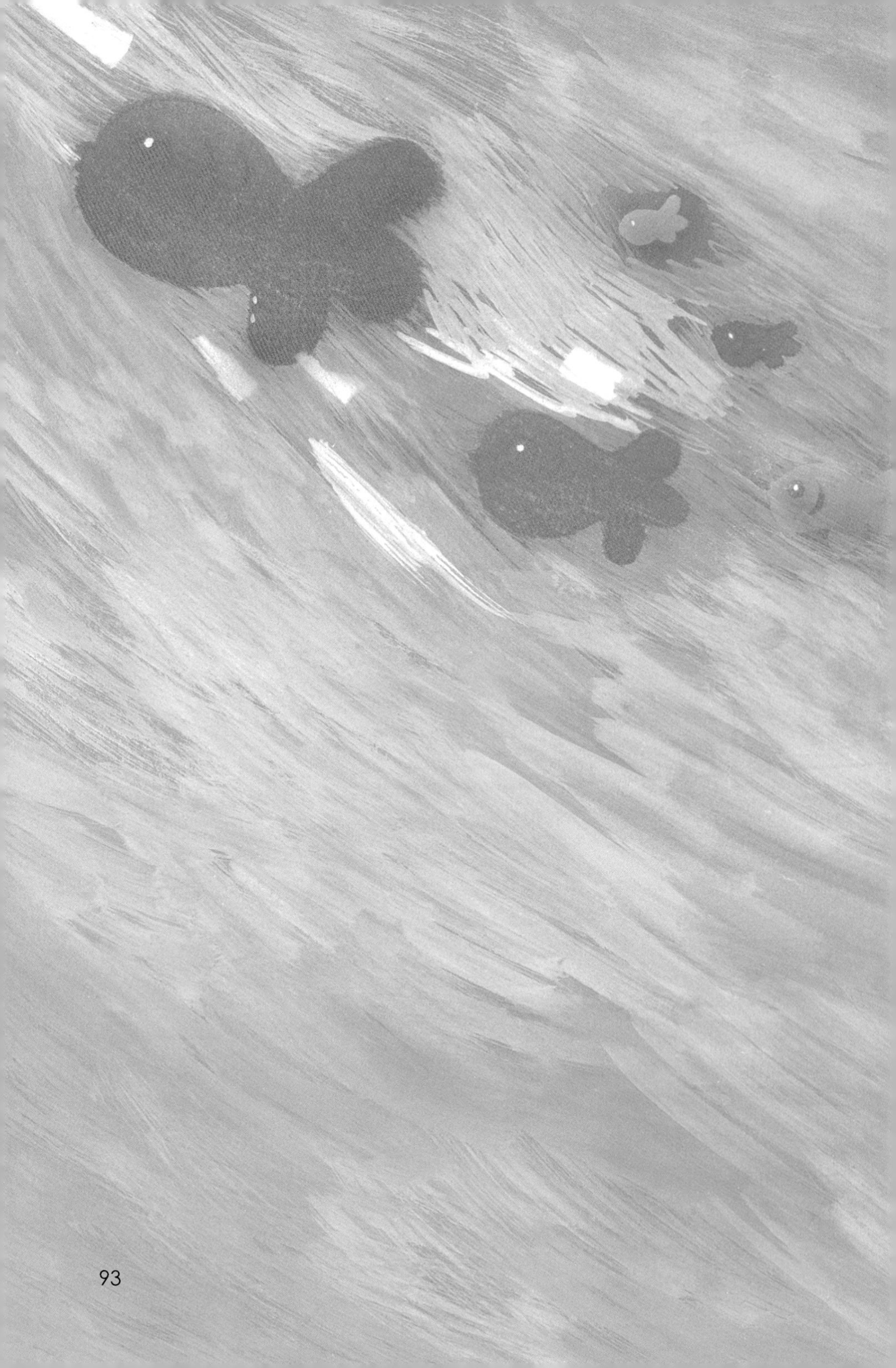

記憶中，那些美好的夜晚

◎侯維玲

很想念媽媽。

媽媽，留給我最美好且永恆的印象之一就是——她始終笑意盈盈的站在繁花盛開的庭院深處，靜靜的等著我回家；明亮寬敞的廚房裡，正燉著一鍋鍋芳香的食物。

每想到這個溫柔的畫面，我總會泛出微笑和眼淚。

我的媽媽熱情好客且廚藝精巧。

小時候，每隔兩、三個月，爸媽在我們小小的舊居常會定期或即興舉行一場豐盛的晚餐聚會。餐會前的那一整個白天，只見媽媽在狹窄的廚房裡忙進忙出；到了晚上，巷子裡就數我們家客廳的燈火最燦爛，還不時傳出歡樂的笑聲與歌聲。

那時，我偶爾嫌家裡太吵，就會悄悄的踱出家門，走到巷口那盞昏黃路燈下，轉身望著我家的燈光是怎麼照亮幽靜的小巷，遠遠的聽著那一陣陣若隱若現的爽朗談笑、划拳聲和歌唱。

當時的我多少是有點不耐的，卻不知道媽媽和爸爸如此盛意的邀請與款待，為他們贏得生命中多少真誠長久的情誼。

現在，媽媽已經過世了，在她最鍾愛的寬敞新廚房裡，那般快樂的餐會依舊不斷；昔日的老朋友們經常帶著美食前來和爸爸分享，一群人在餐桌明亮的燈下共度溫情時光。朋友到來前，爸爸也不忘點亮院子門口的那盞金黃小燈，彷彿是一種邀請的信號，一如媽媽還在的時候。

每次回家走進媽媽的廚房，我難免還是有點失落，甚至帶著點自責。曾經，我以為時間還那麼多，我可以一次又一次的南下歸鄉，在這個廚房裡盡情又奢侈的享有媽媽的美食和愛……，然而，時間，卻沒想像中那麼多。

媽媽去世的那年，我慢慢走出了悲傷，並將心裡的孺慕與思念轉化成這篇小故事，不僅獻給在天堂的媽媽，也獻給天下許許多多彼此深愛的父母和子女。

衷心祝福我那樂觀的爸爸永遠健康。

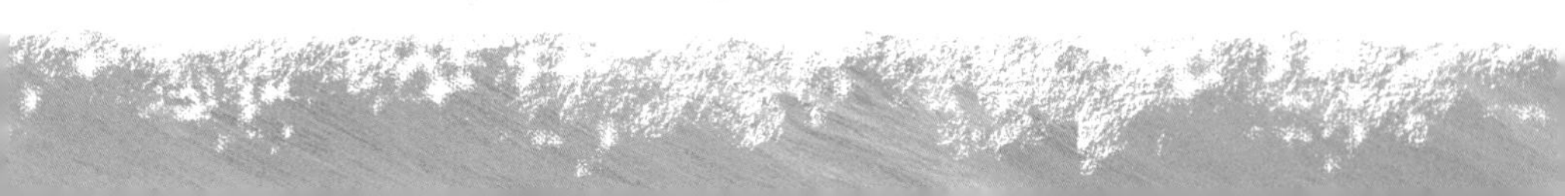

讓孩子輕巧跨越閱讀障礙

◎親子天下執行長　何琦瑜

在臺灣，推動兒童閱讀的歷程中，一直少了一塊介於「圖畫書」與「文字書」之間的「橋梁書」，讓孩子能輕巧的跨越閱讀文字的障礙，循序漸進的「學會閱讀」。這使得臺灣兒童的閱讀，呈現兩極化的現象：低年級閱讀圖畫書之後，中年級就形成斷層，沒有好好銜接的後果是，閱讀能力好的孩子，早早跨越了障礙，進入「富者越富」的良性循環；相對的，閱讀能力銜接不上的孩子，便開始放棄閱讀，轉而沉迷電腦、電視、漫畫，形成「貧者越貧」的惡性循環。

國小低年級階段，當孩子開始練習「自己讀」時，特別需要考量讀物的文字數量、字彙難度，同時需要大量插圖輔助，幫助孩子理解上下文意。如果以圖文比例的改變來解釋，孩子在啟蒙閱讀的階段，讀物的選擇要從「圖圖文」，到「圖文文」，再到「文文文」。在閱讀風氣成熟的先進國家，這段特別經過設計，幫助孩子進階閱讀、跨越障礙的「橋梁書」，一直是不可或缺的兒童讀物類型。

橋梁書的主題，多半從貼近孩子生活的幽默故事、學校或家庭生活故事出發，再陸續拓展到孩子現實世界之外的想像、奇幻、冒險故事。因為讓孩子願意「自己拿起書」來讀，是閱讀學習成功的第一步。這些看在大人眼裡也許沒有什麼「意義」可言，卻能有效引領孩子進入文字構築的想像世界。

親子天下童書出版，在二〇〇七年正式推出橋梁書【閱讀123】系列，專為剛跨入文字閱讀的小讀者設計，邀請兒文界優秀作繪者共同創作。用字遣詞以該年段應熟悉的兩千五百個單字為主，加以趣味的情節，豐富可愛的插圖，讓孩子有意願開始「獨立閱讀」。從五千字一本的短篇故事開始，孩子很快能感受到自己「讀完一本書」的成就感。本系列結合童書的文學性和進階閱讀的功能性，培養孩子的閱讀興趣、打好學習的基礎。讓父母和老師得以更有系統的引領孩子進入文字桃花源，快樂學閱讀！

閱讀123